Nota para los padres y encargados:

Los libros de *Read-it! Readers* son para niños que se inician en el maravilloso camino de la lectura. Estos hermosos libros fomentan la adquisición de destrezas de lectura y el amor a los libros.

 El NIVEL MORADO presenta temas y objetos básicos con palabras de alta frecuencia y patrones de lenguaje sencillos.

 El NIVEL ROJO presenta temas conocidos con palabras comunes y oraciones de patrones repetitivos.

 El NIVEL AZUL presenta nuevas ideas con un vocabulario más amplio y una estructura gramatical más variada.

 El NIVEL AMARILLO presenta ideas más elevadas, un vocabulario extenso y una amplia variedad en la estructura de las oraciones.

 El NIVEL VERDE presenta ideas más complejas, un vocabulario más variado y estructuras del lenguaje más extensas.

 El NIVEL ANARANJADO presenta una amplia de ideas y conceptos con vocabulario más elevado y estructuras gramaticales complejas.

Al leerle un libro a su pequeño, hágalo con calma y pause a menudo para hablar acerca de las ilustraciones. Pídale que pase las páginas y que señale los dibujos y las palabras conocidas. No olvide volverle a leer los cuentos o las partes de los cuentos que más le gusten.

No hay una forma correcta o incorrecta de compartir un libro con los niños. Saque el tiempo para leer con su niña o niño y transmítale así el legado de la lectura.

Adria F. Klein, Ph.D.
Profesora emérita, California State University
San Bernardino, California

Managing Editor: Catherine Neitge
Creative Director: Terri Foley
Editor: Patricia Stockland
Designer: Jaime Martens
Page production: Picture Window Books
The illustrations in this book were created digitally.
Translation and page production: Spanish Educational Publishing, Ltd.
Spanish project management: Jennifer Gillis/Haw River Editorial

Picture Window Books
5115 Excelsior Boulevard
Suite 232
Minneapolis, MN 55416
877-845-8392
www.picturewindowbooks.com

Printed in the United States of America.

Library of Congress Cataloging-in-Publication Data
Rau, Dana Meachen, 1971-
[Let's share. Spanish]
Vamos a compartir / por Dana Meachen Rau ; ilustrado por Béatrice Favereau ; traducción,
Carlos Ruiz.
p. cm. — (Read-it! readers)
Summary: Children realize the many ways in which they can share and do things together.
ISBN 1-4048-1693-3 (hardcover)
[1. Sharing—Fiction. 2. Spanish language materials.] I. Favereau, Béatrice, ill.
II. Ruiz, Carlos, 1949- III. Title. IV. Series.

PZ73.R286 2006
[E]—dc22   2005024758

Vamos
a compartir

por Dana Meachen Rau

ilustrado por Béatrice Favereau

Traducción: Carlos Ruiz

Con agradecimientos especiales a nuestras asesoras:

Adria F. Klein, Ph.D.
Profesora emérita, California State University
San Bernardino, California

Kathy Baxter, M.A.
Ex Coordinadora de Servicios Infantiles
Anoka County (Minnesota) Library

Susan Kesselring, M.A.
Alfabetizadora
Rosemount-Apple Valley-Eagan (Minnesota) School District

PiCTURE WiNDOW BOOKS
Minneapolis, Minnesota

Yo tengo una caja de crayones.

Tú tienes un bloc de papel.

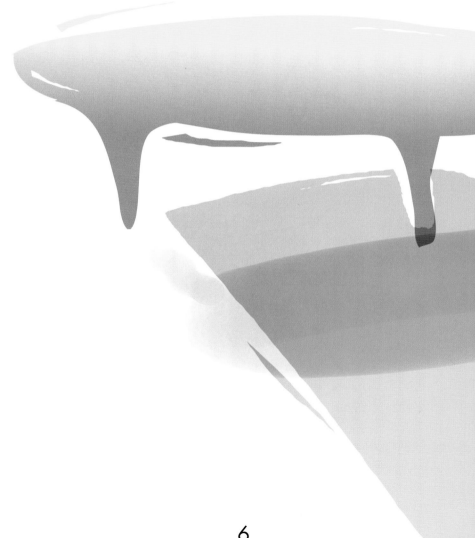

¡Vamos a compartir!

Podemos dibujar juntos.

Yo tengo una pelota.

Tú tienes un guante.

¡Vamos a compartir!

Podemos jugar juntos.

Yo tengo galletas.

Tú tienes mermelada.

¡Vamos a compartir!

Podemos comer juntos.

Yo tengo una pala.

Tú tienes semillas.

¡Vamos a compartir!

Podemos sembrar juntos.

Yo tengo una película.

Tú tienes palomitas de maíz.

¡Vamos a compartir!

Podemos mirar juntos.

Yo comparto contigo.

Tú compartes conmigo.

Los dos compartimos.

Más *Read-it! Readers*

Con ilustraciones vívidas y cuentos divertidos da gusto practicar la lectura. Busca más libros a tu nivel.

FICCIÓN

¿Buscas un título o un nivel específico? La lista completa de *Read-it! Readers* está en nuestro Web site: *www.picturewindowbooks.com*